어둠은 어떻게 새벽이 되는가

시작시인선 0479 어둠은 어떻게 새벽이 되는가

1판 1쇄 펴낸날 2023년 7월 21일
지은이 임혜주
펴낸이 이재무
기획위원 김춘식, 유성호, 이형권, 임지연, 홍용희
책임편집 박예솔
편집디자인 민성돈, 김지웅, 정영아
펴낸곳 (주)천년의시작
등록번호 제301-2012-033호
등록일자 2006년 1월 10일
주소 (03132) 서울시 종로구 삼일대로32길 36 운현신화타워 502호
전화 02-723-8668
팩스 02-723-8630
블로그 blog.naver.com/poemsijak
이메일 poemsijak@hanmail.net

ⓒ임혜주, 2023, printed in Seoul, Korea

ISBN 978-89-6021-723-2 04810
    978-89-6021-069-1 04810(세트)

값 11,000원

어둠은 어떻게 새벽이 되는가

임혜주

천년의
시 작

시인의 말

어디 먼 데서 날아와
한 식구가 되어 준
두 아들과
내 첫사랑, 내 맨 끝 사랑
이제는 도반이 된 남편에게
고맙다는 말부터 씁니다

나는 한없이 작고 한없이 큰 기운에 기대어 삽니다

그리고

곳곳에 있는,
미래에서 온 사람들에게
이 시집을 바칩니다

2023년 여름
임혜주

차 례

시인의 말

제1부

제2부

제3부

제4부

제5부

해 설

제1부

어둠은 어떻게 새벽이 되는가

어둠 속에서 새벽이 오는 것을 보았다
어둠이 어떻게 물러나는가를 찬찬히 보았다

유리창이 내 얼굴을 꽉 붙들고 있었다
내 눈에 비치는 내 눈

세숫대야에 담그고 있는 것처럼
어둠 속에 얼굴을 담그고 있었다

어둠은 꼼짝없이 그 자리에 가만히 있더니
서서히 얼굴을 풀어 놓아 주었다

돌아서서 검은 얼굴을 씻는다
묻어나지 않는 어둠, 손바닥으로 훑으니

산새 울음 하나 따라 나오고

아무리 뚫어져라 보고 있어도 훨훨
그가 물러나는 처음을 볼 수는 없었다

그늘을 캐다

매화나무가 그늘을 드리워 줘서
네 상심을 조금 캘 수 있었다

수보리야 부처를 보았다 할 수 있느냐
후우 호로롱
새 울음 몇 마디 얹고

일렁이는 달맞이 분홍 바람도
함께 올려서
대야에 담는다

왼손 끝에 딸려 나오는
자잘한 꽃망울들

상심이 이런 꽃이었단 말이냐

호미를 풀밭에 버려두고 일어나니
아찔한 햇빛 속이다

흐린 가을날 아침이었습니다

마늘밭 가장자리에 둥그런 호박이 놓여 있습니다 조금은 바랜 낯빛, 까끌하고 노르스름한 덤불 아래입니다 무른 햇빛이 입술을 모으고 조용히 들어오고 있습니다 드문드문한 호박꽃, 꽃 진 자리마다 꼭 호박이 열리지는 않나 봅니다 미나리가 도랑 위로 차오르고 어제 흘린 음식 쓰레기 흔적이 남았습니다 들쥐들이 먹고, 고라니가 먹고, 꿩이 먹다 남은 찌꺼기 옆으로 새 한 마리 비늘처럼 눈을 감고 죽어 있네요 회색 뒷날개로 몸을 반쯤 덮고 있는, 스스로 마련한 그 절명의 자세 앞에 한참을 서 있었습니다 잎사귀를 사위듯 하늘의 것을 하나씩 지워 가는 창공의 일이었습니다

저 달이 가깝구나

어떤 사람은 목소리로 하늘에 닿고
풍경은 스스로 무한에 닿는다
나는 타고난 재주가 없어서
점지된 미래가 어둡고
육천 보, 육천 보,
매일 걷는다 꿈꾸는 모든 건
날개의 퇴화 작용인가

중력을 끊고 두루미 날아오른다
검은 다리가 흘리고 가는 물방울
두루미는 환상이 없다
칠천 보, 팔천 보, 만 보,
저녁달이 뜬다

달은 머리 위에 떠 있다
공중으로 흩어지는 마른 갈대 냄새와
수로 변 가을 풀들
아무도 오가지 않는
오직 물오리들만이 수면에 고개를 처박고
하루를 참회하는 시간

\>

문득 나는 저 달과 참 가깝구나
아무것도 없어서 가진 게 없어서
달이 부풀어 오르고 나도 부풀어 올라
저 달과 참 가깝구나
달빛이 옷에 닿는 듯
내 눈빛 달 언저리에
가 닿는 듯

안간힘

트럭에 소 한 마리 실려 간다

신호등이 바뀌자
출렁 비틀거리는 소

한 발 옆으로 나간 정강이를
몸쪽으로 끌어 붙인다

다시 바르게 앙버틴다
죽음 앞에서 옷깃을 여미는 듯

비틀린 다리를 곧추세우는
저 처연한 동작

언제 본 듯한

아랫배 깊숙한 그 어디
은밀하게 쥐고 있던 자존심

마지막이라 여겼던 그 언제쯤이던가

밑간

밑간이란 말은 왠지 조금 아픈 말

밑이 아프다거나
밑에 뭐가 생겼다거나 하는 말처럼
생채기에 말씀이 들어가는 것처럼

조금은 짭조름하고
어쩌면 달짝지근한

배추나 무나 도라지나 뭐 그런 것들이
숨을 죽이고

각진 소금 알갱이
설렁설렁 안아 보다가

마침내 몸에 들여놓는
가장 겸허할 간기

사마귀 눈

오호, 투명한 형광 눈이었구나 두리번거리다 멈춘 눈 말이야 배 밑을 움찔거리며 몇 걸음 걷다 멈추고 또 멈추곤 한다 난 숨소리 없이 조용한데 사마귀는 그마저 조심스럽다 긴 팔을 한쪽씩 짚어 가며 한 걸음 또 한 걸음 간다 한참을 지나도 여태 몇 발자국 떨어진 나무 밑이다 위험하면 가만히 있어 보는 것, 낯선 숨이 식기를 기다리는 것, 등에 업은 보호색을 지나치게 믿는 탓인가 재빨리 도망치는 대신 목숨을 걸고 있는 저 초록빛 처세가 위태롭다 저 명징한 두 눈을 히말라야 새벽 산등성에서 본 적이 있다

시간과 물고기

　수년 전에 보았던 '올름'이라는 인간 물고기, 슬로베니아 카르스트 동굴 속에 살고 있는 물고기는 평균 수명이 백 년이며 사오 년은 아무것도 먹지 않고 살 수 있다 물 밖에서도 살고 물 안에서도 산다 도마뱀보다 작은 살색 물고기, 몸에 아무것도 걸치지 않았다 비늘도 가시도 보이지 않는다 몸속이 훤히 보일 듯한 투명한 삶의 길이는 석순이 1센티 자라는 시간, 세상에 아무 적의도 없을 때 1센티 같은 백 년을 살 수 있을까 백 년을 사는 꿈도 없는데, 하나도 아프지 않을 것 같은 무저항이 백 년처럼 아프다

처서

차가워진 공기가 주위를 둘러싸고 조여 온다
집은 긴장하며 부풀고 늘어진 벽을
단단히 수습한다 습기를 보내고는
사이사이 틈새 풀벌레 울음 쟁이듯

몸속 건너는 가시랭이도 꺾으며
쩍쩍 말라 가는 가슴뼈 소리

모르는 모퉁이에 균열이 생기고
허위와 헛된 웃음이 사라진 자리
처음처럼 다가드는 한기가
흙벽을 타고 내리며 묻는다

고양이 지나간 걸음 뒤편으로는
무엇이 남아 있냐고

고요 속에 있는 것

무슨 큰 벌레가 들었나 해서 가만히 다가서 보니
수풀이 저 혼자 그러고 있는 거였다
저희끼리 덤부렁듬쑥해 잘 보이지 않았는데
톱니 같은 잎과 잎
코끝 시큰해진
그의 옆구리를
가장자리 까슬한 끝까지
몸 안쪽으로 끌어당기고 있는 거였다
그때 살짝 일렁이던
달리아 꽃 진 자리
가운데서 좀 비켜난
바람 한 점

별

한 가지를 오래 생각하다 보면
가슴에도 별이 생긴다

눈발 날리다 구름 비끼고
짧은 햇빛 수굿해지는 시간

산은 불빛을 서넛 밝히기 시작한다
해종일 집을 꼭 끌어안고 있었던 까닭이다

먼 하늘 어디서도 무엇을
꼬옥 그러쥔 시간이 있었을 것이다

당도하지 않은 점멸이 어둠을 만나면
정말 위안처럼 별이 생긴다

버릴 수 없어 끌어안았던 것들이
불현듯, 별이 되는 순간이 있다

밑줄

거무스레히 잠이 들려는 때도 무엇인가는 소리를 내고 부스럭거린다 고양이 돌담 넘는 소리, 다리 많은 벌레 뒤꿈치 끌리는 소리, 검은 거미 밤새 허공을 지우는 소리, 마당을 건너는데 실오리 얼굴에 달라붙는다 잘 보이지 않는 줄, 팔을 휘저으며 시동을 걸고 보니 백미러에도 쳐져 있다 중요한 밑줄처럼 딱! 반듯하구나 한참을 달려도 어라? 유리창 옆에서 어른대는 거미, 시속 팔십에도 출렁이며 따라온다 분명 걷어 냈는데? 알몸은 다시 올라와 바람 속에 춤을 춘다 긴급한 박자 속의 거미, 한번 잡은 목줄을 놓지 못하는 집착은 간절하고 반복적이다 허공을 놓치고 미궁 속에 빠져든다, 밑바닥이 불안하다, 끌려 들어온 이유를 알지 못하고 밑줄 또한 사라진 탓이다

제2부

임시방편

버리라고
다 버리라고
하루에도 수십 번
일러 주고 속속들이 보여 주는데도
버리지 못하는 마음속 진창이여!

그래서 신은
마지막으로 죽음을 주셨다

아침 숲에 들다

너도 어제
밤을 견뎠구나
너도 오늘이 오지 않을까
걱정했느냐
잿빛 새 허름한
밑창을 드러내며
퍼덕이다 사라진다

엉겅퀴가 보랏빛 바늘로 꼿꼿하게 서 있는 아침
어젯밤 못다 운 멧비둘기
가래침을 삼키며
쿨럭쿨럭 울어 대고

흰 자귀 옆에서 옻나무 잎은 벌써 노랗다
이제 숲에 들어서 부처를 구하지 않겠다

누런 잎 하나 뚝 떨어지는 소리
검불 아래 거미줄에 걸렸다

네란자라, 모래 강을 건너며

석가는 이 강을 건너 도道를 이루었다

말라붙은 건기의 모래가 발목을 잡는다

모랫바닥은 바닥이 없는 바닥이다

바닥을 짚으며 강을 건넌다

진흙탕보다 더 깊다

모래는 서로를 밀쳐 낸 각자의 언어

제 몸을 허문 것들의 시간

바닥없는 바닥을 건너야 한다

무섭게 발밑이 빠진다

또 하루를 살았습니다

영영 오지 않을 것 같은 내일이 왔습니다
잠 못 드는 시간을 견디며
새벽을 대낮처럼 누워 있었습니다
흰 절벽 같던 내일이 오늘이 되어
더디게 왔습니다 찬란하고도 서늘하게
베토벤을 한 시간 넘게 듣습니다
스물여섯부터 서서히 귀가 멀어 갔다는 천재
그가 살았던 동네에 가면
서른 살 베토벤의 청력으로 들리는 음악과
마흔 살 베토벤 청력으로 들리는 음악을
순서대로 들을 수 있다네요
캄캄한 세계를 짚어 내는 음계를 따라가면
다른 아픔으로 들어가는 힘이 생길까요
희미해질수록 강해지는 주제의 변주
흉내 낼 수 없는 천상의 음악을
불구의 몸처럼 엿듣다 보면
어느 꼽추가 일으키는 허리뼈의 능선도
해거름 노을을 떠받치는 자세가 될까요
영영 오지 않을 것 같은 내일이 저물어 갑니다
이렇게 또 하루를 살았습니다

내 잠은 점점 옅어져 가고

돌아누우면 닫히는 세계는 한도 끝도 없습니다

노을이 자꾸 물가를 쓰다듬어

어제보다 얇아진 갯벌의 두께

그제보다 얇아진 갯벌의 물기

점점 들리지 않는 소리라 했나요

칠게들이 부지런히 펄을 들어 올립니다

사라지는 소리를 흘려 썼던 악보처럼

밀려 있는 둥그런 포물선 위로

검은 음표 하나 앉았다 날아오릅니다

단풍나무 사색

손바닥 수만 장을 펼쳐도 하늘을 가릴 수는 없었네

가지를 뚫고 겨우내 준비했던 초록을 조금 내밀었다네
나의 내면은 조금씩 밝아지고 짙어져
마침내 다섯 손가락 잎이 되었네

바람이 불면 부채춤을 추는 것처럼 긴 가지를 출렁이고
햇빛이 장엄하게 쏟아지면 그늘이 겹쳐 나곤 했네

하늘 향해 손바닥을 펼치고 있었네
내가 다 가리지 못한 푸른 하늘이
다섯 줄기 손금을 환하게 읽어 주었네

점괘는 곧 나아질 거라 했네
답을 다 일러 주고 해는 냉정히 기울고 말았는데

검푸른 불안과 두려움의 잠
또다시 병은 깊어지고 말았다네

밤새도록 선명해지는 손바닥 다섯 줄기의 길

>

점괘를 핥아 가듯 다시 읽어 가네
어둠을 어둠으로 살아가라,

주먹을 꽉 움켜쥔 아이들이 태어나고 있었네

은목서 향

수십 개의 은 종을 달고 있어도

함부로 흘리지 않는다

거목 밑에 한참을 귀 기울여도

다디단 그의 득음을 얻을 수 없다

먼 데서 달려온 바람 한 점

타종처럼 두드릴 때

몸 구석구석 묻었던 향기를 풀어

마침내 문 바깥

천 리까지 내놓는다

가을 초저녁에는

대문을 열고 들어왔다가 옷을 갈아입는 사이 마당이 저
물어 버렸다

잎을 버린 나무들이나 그 때문에 조금 늙어 뵈는 산등성
은 차츰 말을 잃은 사람처럼 속이 깊어 갈 것이다 갈수록 해
가 짧아지는 것은 서늘해진 바위가 검은 사색의 시간을 거
치기 위해서이다 마당이 보이지 않고 대신 얼굴이 되비치는
시간이 길어진다는 뜻이다

그것은 가시 걸린 승냥이처럼 울부짖는 어느 짐승의 울
음, 차츰차츰 다가드는 어둠을 목구멍 아래에 긁어모아 모
조리 뱉어 내듯 으외왝, 끄으왜액, 아 저렇게 우는 짐승도
있구나, 누구에게는 말로는 못할, 그 기막힌 울음을 거친
다는 뜻이다

시래기 풍경風磬

그것은 참새 한 마리 잎 없는 철쭉 사이를 뒤적이는

그것은 쓰러진 백련白蓮 줄기에 내려앉는 왜가리 한 마리
넓고도 큰 날개를 화들짝 접을 때
꾸루루룩 배 속에서 울리는 시장기의

그것은 돌돌 말린 참나무 잎이
데크 위를 굴러가다 또르르 멈춰 서 보는

그것은 아들 잃은 어미의 절대로는 멈출 수 없는 눈물자리가
소금 웃음처럼 바스스 떨어져 나오는

김장철 지나 겨우내 처마 밑에서 매달렸던 시래기가
마르고 말라서 불현듯
바람 바깥을 긁어 대는 소리, 그것은

농담

태풍이 건너가는지, 노월촌에도 바람이 세찼다 마당에 널어놓은 빨래가 정신없이 휘날리며 집게 쪽으로 몰려들었다 마루 안으로 들어온 빨래, 천장 사이로 먹구름 지난다 다락방에 올라가 『무의미의 축제』를 읽는다 스탈린이 마흔 두 마리 자고새를 죽였고 칼리닌 장군은 오줌 병이 있다 자고새 이야기나 순간을 못 참고 화장실에 가야 하는 별로 훌륭하지 않은 칼리닌 장군, 그를 기념하기 위해 도시 이름을 칼리닌그라드로 정한 것은 한없이 가벼운 존재를 위한 아이러니일까 칼리닌그라드는 아직도 농담같이 뚝 떨어진 러시아 영토인데, 유리창으로 햇빛이 들어온다 바닥에 깔리는 네모난 흰 빛, 이런 것들은 오랫동안 포기할 수 없는 것에 속한다 어젯밤엔 새벽까지 잠이 오지 않았다 배가 고팠고 가슴이 훌훌 내려앉았다 심각했던 걱정, 출근길에는 고양이가 내장을 드러낸 채 누워 있을지 모른다, 그런데 그건 정말 심각한 일일까

꽝꽝나무와 나비와 개미와 나

꽝꽝나무 콩알만 한 꽃에 나비가 앉았다 오른다
드문드문한 흰 꽃에
붓 하나 든 신선이 점지하듯
콩콩 하나씩 하나씩
하나를 마치면 다른 꽃에 날아가 잠시 잠깐
신의 뜻을 전한다
발소리를 죽이고 가까이 다가들면
어느새 날아올라 한참을 팔랑팔랑
다시 또 꽃 구멍에 날개를 접는다
한때는 벌레였던 나비가
회색 점이 박혀 있는 상아색 나비가
점지해 놓은 자리
개미가 꽃잎을 핥고 있다
책을 읽듯이 점지의 뜻을 읽고 있다
도대체 나는 알 수 없는 경지
화단의 경계에서
꽝꽝나무 꽃은 피어 있고
꽝꽝나무 꽃은 기다리고 있고
나비가 다녀가면
꽝꽝나무는 무엇이 완성된 듯
잠시 잠깐 무표정 단단한 잎이 되어 있다

니르바나

저 새가 후투티라고 일러 주는 남자 곁에서
매화나무를 들락거리는 새를 본다
참새 같은데?
아니 참새보다 빠르고 머리에 줄무늬 관이 있다는데
볼록한 흰 뱃살이 겨우 보일락 말락
앉았다 떠난 자리로 눈이 흩어진다
그러자 대숲도 한 무더기 눈을 털어 내고
흰 바람 공중으로 사라진다
징검돌에는 왜 눈이 쌓이지 않지?
저기 넓적한 돌에는 저렇게나 많이 쌓였는데?
오랜 진화처럼 시커먼 고양이가
느린 걸음으로 마당을 지난다
천천히 눈을 끌고 가는 자리가
포물선으로 휘어지고 중간중간
발톱 자국이 규칙적으로 찍힌다
눈 밖으로 드러난 징검돌과
고양이 남기고 가는 자국 위로
햇빛이 왔다가 갔다가 와이퍼처럼
눈 그늘 만들었다가 지운다
어느새 매화나무 끝이 빨개졌다

제3부

동지

어둠이란 게 조금씩 일찍 왔다가 쉽사리 깨어나지 못했네
동지라 했나, 대숲에 새들이 시끄럽게 우짖고 난 후에야 서
리 낀 얼굴을 하고 조금씩 밝아지곤 했지 아직 의미는 발굴
되지 않았어 좀 서둘러야겠어 내게 주어진 시간은 그리 많
지 않다는 걸 자꾸 까먹곤 해 영원히 살 것처럼 암 환자를 슬
퍼했지 돌을 땅속에 묻어 두고 부피 팽창을 기다리던 어린
시절이 있었어 아마도 그것은 흰 조약돌이었는데 묻어 두면
점점 자란다고 했던가 돌이 식물처럼 자랄 수 있다니, 풍문
을 믿고 희망을 만들던 시절이었지 팥물이 끓고, 물렁한 행
성처럼 새알심 떠오르네 원래 아무것도 묻혀 있지 않았음이
분명해, 파헤친 의미라야 고작 이렇게 부드럽고 가벼운 것
일지도 몰라 둥둥 거친 목구멍 지나가는 뜨거운 어둠 한 알

돌과 눈

눈 내린다

마당이 하얗다

징검돌만 드러나 있다

돌은 풀보다 따뜻한가

눈은 꽃잎보다 가벼운가

징검, 징검, 닿자마자

얇은 알약이 혓바닥에 녹듯

서서히 들어간다

사분사분

흰 이마를 버리고

>

눈,

눈,

눈은

가장 가볍게

가장 무거운 속을 녹이러 들어가신다

엄마

엄마는 두세 달에 한 번씩, 거품 물고 발작을 하는 아들을 두었다 오빠가 밥상머리에서 뒤로 뻣뻣이 넘어지면 아이고 어쩌꺼나, 엄마는 거의 혼절하며 오빠의 입 주변을 닦아 내고 주물러 댔다 키 작고 몸통 얇은 오빠, 탱자나무 울타리 밑에서 쓰러져 있다가 흙투성이 찢긴 얼굴로 들어오던 어느 날, 엄마는 가슴속에 있는 것을 죄다 훑어 내리듯 오빠의 바짓가랑이며 팔뚝을 번갈아 훑어 내었다 그럴 때는 마당 껍질이 벗겨질 것만 같았다 엄마는 중이 목탁을 치고 문 앞에 들어서면 쌀을 잔뜩 퍼 주었고, 육교에서 구걸하는 사람의 깡통엔 지폐를 넣었다 그때마다 엄마가 낮은 소리로 늘 하던 말, 아픈 사람의 손 같은 말, 아픈 자리에 가닿는 붉어진 꽃물 같은 말, 너희 오빠 때문이어야, 죄 갚음 될감시 그래야, 쓰다듬고 달래듯 자꾸 안의 것을 퍼내는 그건, 전생과 후생을 오갔을, 그 사이에 한 점 놓아 보는 얼마나 아팠을 얼룩진 말

엄마 이름은 한정희

엄마는 왜 딸을 기억 못 하고 이모의 이름은 기억하는 걸
까 이모 이름은 정숙, 나를 정숙이라 부른다 엄마는 점점
종이처럼 얇아진다 단단한 돌 하나씩 빼내듯 기억 하나씩을
지워 갔다 무거우면 하늘에 닿지 못하니까 가슴속 아들내미
병病 같은 거 자꾸 끌어당기니까, 지금 엄마는 새순처럼 여
리디여리다 맨 처음이란 데, 아직 아무도 살지 않았던 희고
눈부신 데, 거기까지 닿으면 부서지듯 날아오를런가 ㅎㅏ
ㄴㅈㅓㅇㅎㅡㅣ, 성스러운 식사 앞에 가만히 앉아 있다 서
랍은 비워진 지 오래다 몇 해 전엔 휴지, 보청기, 틀니, 팬
티 두어 개가 들어 있었다

그 남자를 잊으려고

거기서 나 진여심으로 살던 한 달이 있었지요 스님은 법명을 진여심이라 붙여 주고, 공양 때가 되면 방문을 열고 '진여씨임' 하고 목을 내놓고 길게 부르곤 했지요 때마침 완도 선창가에서 식당을 하다 들어왔다는 동갑내기 예쁜 보화심은 어찌 그리 설거지도 빨리 하던지요 저물녘이면 절간 뒤로 돌아가 담배도 꼬나물곤 했지만 왜 절에 들어왔는지는 서로 말하지 않았어요 설거지가 유난히 빨랐던 어떤 저녁은 보화심이 안 보이기도 했는데 그런 다음 날 아침이면 얼굴은 별나게 혈색이 돌곤 했지요 스님도 나도 보화심 다녀온 행방을 묻지 않은 건 스님을 찾아오는 아들에 대해 묻지 않은 거나 한 가지였어요 얼음 같은 홍시를 관음전에서 꺼내서 몇 번 같이 먹고 절을 내려왔는데 서로를 묻지 않았던 한 시절, 세상 끝인 양 올라가던 길이 처음으로 되돌아오곤 하던, 그런 시절이 있었지요

값

변종하는 〈남과 여〉에서, 여자의 체취를 손끝으로만 느끼는 노인과 뜨거운 피가 검게 짓눌린 젊은 여자를 그렸다 새 제르맹 거리의 어느 카페, 노인이 아침마다 젊은 여자의 가방에 돈뭉치를 두둑이 넣어 주고는, 여자와 함께 새벽 안개 속으로 사라지는 것을 뒤쫓던 어느 날, 커피를 마시는 노인이 오른손을 천천히 들어 올려, 손가락에 남아 있는 여자의 체취를, 오래오래 음미하는 것을 보고는,* 아뿔싸 하며 그렸다는 것,

향기는 그렇게도 귀하고 값진 거라

한 남자의 체취를 잊지 못해 평생을 지불한 여자도 있을 것이다

.

* 손철주의 『그림 아는 만큼 보인다』에서 인용.

아버지의 독서

아버지는 구십이 다 되도록 동네 시립도서관엘 다니셨다
신호등 건너고 경사진 오르막도 올라야 했던 길, 무등도서
관 파랗게 찍힌 도장처럼, 아버지는 꾹꾹 성실하게 반납 기
한 맞춰 책을 읽었다

누런 연습장 가득 옮겨 적은 문장들, 세로획 처음을 약
간 꺾어서 시작하는, 문 잠가, 병원에 약 타러 가, 듣지 못
하는 엄마에게 전하는 말도 섞여 있지만 아버지가 기록하고
싶었던 건 책에 적힌 빛나는 말들이었다

아버지 척추 속엔 풍화된 글자들이 은빛 비늘처럼 꽂혔
을까 부정할 수 없었던 건 구십 다 되도록 헌책을 옆구리에
끼고 대로를 건너던 그 장엄함이었다

늙은 사랑 노래

이건 옛날얘기지만 그이 몸에선 잘 마른 장작 냄새가 나
곤 했어 냄새에

취약한 난 가끔 아버지 몰래 담을 넘고 밤을 타기도 했지
불안한 눈빛 속에는

축축한 시가 있었고 미래가 검은 종처럼 너울댔어 으음,
우리 사이에 강이

있기나 했을까 강에 번지는 노을이 있기나 했을까 불온했
던 우리는

우주인처럼 생각을 훌훌 넘어 꽃 하나를 심기로 했지 사람
들이 구시렁대고 냄새를

킁킁 맡고 돌아서기도 했어 그래, 행복하냐고? 후회나 회
한이 왜 없겠어 유독

내게만 더 가혹한 거 같지만 누구든 생이란 지독한 고비를
담고서야 낙타처럼

걸어갈 뿐이지 몸에서 꿈이 사라진다는 소설을 읽다가 산
수유 보러 갔어

그것은 햇빛과 그늘 사이에서 피어나는 초록에 가까운 노랑

노랑을 탐하다 잠깐 그이 몸에 기대 보았어 몸이 낡아 가
는 소리 들리고

근처엔 각질을 벗겨 내는 노란 시간이 가득했어

계곡으론 물 그늘 번져 가고 있었지, 아마

꽃

괜찮아 괜찮아 머리는 아프지 않은데 가슴 가운데가
아픈 걸 슬픔이라 하자 문득 그러다 한참을 가는 걸
마치 씨앗이 생겨나는 것처럼
서리 맞은 대추가 단단한 껍질을 가지면서
얼룩얼룩해지는 걸
슬픔이라 하자, 담 너머 너울대는 이웃집 말
난 무리 없이 살아왔어
한기가 스며드는 소름을 그렇게 불러 보자
간밤 꿈엔 남자가 나를 두고 떠나고
여운처럼 감도는 주황빛 아침 기운
따지 못하고 매달려 있는 감밭 화려한 빛깔조차
슬픔이라 하자, 괜찮아 괜찮아 가슴 가운데가 아픈 걸
이윽고 그걸 꽃이라 하자
피어나는, 피어나는 꽃이라 하자

백설 공주 사과

봉꽃마을 백설 공주가 먹는 홍옥 사과를 금일 오후에 배
송할 예정이랍니다 훗, 난 조금 있으면 백설 공주처럼 붉
은 사과를 먹을 수 있어요 사과에 든 독을 어찌하고 택배는
오는 걸까요 독까지 배달되는 것이라면 이미 몸 안에 든 것
을 어찌겠어요 맑은 하늘에도 독이 있는 듯 지나던 새 허
리가 꺾이는데요 뭘, 사과 한 입 먹고 왕자가 올 때까지 잠
을 자면 되겠지요 가만, 그런데 정말 선물 같은 잠은 올까
요 자꾸 의심이 들지만 나는 지금 독이 든 사과를 기다리는
중이랍니다

배경 색을 만들다

아들 핸드폰 배경 색은 환하다 사진을 찍으면 필터 때문에 사진 속 얼굴이 모두 환해져 있다 엘리베이터 거울 속 어쩌다 마주치는 낯익은 사람들의, 화난 표정이나 굳은 침묵은 맨 처음 얼굴이 아닐 것이다

하루해도 너무 골똘해지면 금세 어두워지는 것처럼
우리도 무언가 골똘해지니 낯빛이 어두워지는 거다

별스러운 것이 훌륭한 바탕이 되기도 한다 그러니 도발적으로 색을 돌이킨다는 것은 겨울날 배추 한 포기 자라는 것처럼 얼마나 융숭한 일이냐

다초점 안경

어제보다 오늘은 늘 뒤에 있다 깔보거나 치뜨는 일 없이 정면을 보아야 제대로 보인다

나무가 날카로운 햇빛을 빼앗아 잎 가장자리에 얹어 놓는 순간은

그리고 한 점 단풍에게 딱 알맞은 각도란

빛에게 다가가는 잎맥 한 줄기의 속마음이, 정확히 과녁을 맞추었을 때다

제4부

입도入島

무엇에 닿는다는 건
가만히 들어와 보는 일

소란을 버리고
멋 내지 않고

연어가 얕은 강물에
알을 풀어놓고 덮어 주듯

엄마 떠난 집에서 할머니와 함께 먹는
섬마을 저녁밥 온기

그 밥상 언저리에 묻어 있을 하루의 햇빛에 대해
나직나직 물어보거나

드문드문하고도
멀고 먼 불빛의

서늘한 웃음을
심심한 바닥에 대 보는 일

폐가

버려진 것들이 어둠이 되어 간다
우두커니 서 있던 햇빛도
낡은 안색으로 주춤주춤 움츠릴 때
소실점으로 오그라드는 증식增殖의 기울기
고양이가 등을 핥고
축축한 지네가 스며든다
점점 내성적이고 말을 잃어 가는 것들
이미 서까래 기둥은
허옇게 바람이 들었을 것이다
어젯밤에도 가장 쓸쓸한 것들이
등을 맞부딪치며 안식처럼
숨어들던 것을 설핏 보았다
이윽고 어둠이 바리케이드처럼
냉담하게 굳어 가면
무너진 살점으로 감싸 안는
관절들의 저, 의연한 포즈
그러고 보면 돌담 사이 흙무더기
옹그리고 뻗어 가는 쑥 뿌리도
속내는 가장 외로웠던 영혼의 한쪽,
난데없이 멧비둘기 떼 무슨 조문처럼

분주히 앉았다 일어서고 기울어진 지붕은

삭은 저항으로 무게를 덜어 낸다

동의

초딩 이 학년일까 삼 학년일까 머스마 넷이서 가방 메고
머리 맞대면서 가다가 배가 둥글고 땅딸막한 아이가 입에
물었던 쭈쭈바를 제 품 안에 쑥 집어넣으며, "야, 존나 차갑
다", 몇 발짝 걷다 그중 한 명이 따라 하면서 "야아, 근다
이", 그러자 머스마들 얼굴빛이 온통 맑아진 듯 환해지면서
고개 끄덕끄덕,

오늘 그 자리 다시 가 보니 울타리 장미 여직도 존나 붉은
웃음, 느티나무는 겨드랑이를 슬렁슬렁 흔들어 보도블록에
서늘한 그늘을 깔아 놓았다

검은 시간

어젯밤 은이를 냉장고에 가두는 꿈을 꿨다 은이는 항상 말이 없는 아이, 과자 봉지를 들고 있길래 누가 줬냐니까 말 못 하는 언니가 줬다면서 고개를 숙여 버렸던 아이, 점심시간이면 혼자 운동장에 나와 한참을 서성이는 아이, 그때마다 외딴섬 운동장엔 덜 마른 소금기가 멈칫거리곤 했는데, 멍하니 난간에 기대 있던 아이를 가두었다 왜 그랬을까 그 착하고 순한 아이를, 날뛰고 대드는 아이 대신 은이를 가두었을까, 난 잠깐 넣어 둔다고 생각했는데 사흘이 흘렀다, 사방 공중에 붙어 있던 잠깐의 사흘, 시간이 먹구름 빵처럼 부풀어 올랐을 때 더 이상 참지 못하고 달려갔다 은이는 밖으로 나와 있었다, 괜찮다고, 좀 추웠다고만 했다, 엄마한테 말했니, 고개를 가로저으며 방문을 나서는 아이 뒤에서 엄마가 모른다는 말에 안도했다 아침은 아무 일 없이 시작되고 있었다 꿈인 듯 거미 한 마리가 천장에서 내려오고 있는 중이었다

꽃 속에 숨은 아이

그 아이는 몸에 착 달라붙은 옷을 입고 다닌다 길가 칸나처럼 활짝, 활짝 피고 싶어서, 꽉 끼는 타이츠 위로 엉덩이만 간신히 가렸다 물건을 집을 때는 허리를 뒤로 쭉 빼는 바람에, 아이구 가시내야, 남사스러워 못 보것다, 찰싹 치고도 싶지만 야들야들한 목소리를 차마 막지는 못했다 어느날은 머리카락을 샛노랗게 염색하고 나타나서 개나리처럼 치렁치렁 다녔다 다시 까맣게 만들라는 성화에 머리카락은 진한 청잣빛으로 변해 갔는데 오늘은 와서 그런다, 아빠가간암 말기라고, 수술도 항암 치료도 못 한다고, 아빠 간병하러 간단다 진한 아이섀도 옆으로 까만 마스카라가 곡선을 그리며 귀 옆까지 파고들고, 치켜뜬 눈꼬리 아래로는 눈물이 없다 눈 안이 잠깐 촉촉해지려 하면 가을 하늘이 얼른 다가와서 눈물을 빼앗아 간다 사근사근 웃음만 짓는다 그러면누가 같이 있어? 저랑 아빠뿐이에요, 몸속 어디 숨겨진 그아이의 씨앗 같은 눈물보를 바늘로 콕 집어 터뜨리고 싶다

5병동 하루

고순덕, 임옥분, 김분례, 세 할매 반나절 만에 친해져서
는 서로 언니 동상 하면서 지낸다 잘 잤소오? 난 허리가 쑤
셔서 한숨도 못 잤그마 그래도 좀 있으면 밥 갖다주고 침 놔
주고 뜸도 떠 준께 집보다 편하고 좋소 작년에 물팍 수술할
때 하도 아퍼서 울 집 아저씨보고 좀 주물러 달라 했는디 다
리 몇 번 쓸어 주다 말데 이리 삭신이 쑤시고 허리가 꼬부라
져도 구부렁댐서 이녘 밥이나 챙겨 주면 좋은갑서 하도 미
웁고 서러워서 싸들고 병원으로 왔당게 온께 좋구마 돈이
좀 들어도 요렇게 있응께 눈에 뵈는 것도 없고 시상 편해라,
그라지라 그라지라이 나도 한 달은 살고 들어갈라구마 평생
일만 하고 살았는디 인자 본께 아깝고 분하당께, 근당께 내
나이를 똑 분질러서 육십으로만 돌려놔 주면 좋것어 목소리
걸걸한 할매가 단연코 주도권을 잡고 주거니 받거니 하다
저녁이 되면 일일드라마 《빨강 구두》를 틀어 놓고, 저년 참
말로 못됐네 자식 팽개치고 딴 남자 따라가 부네이 워매 워
매 으짜까 한마음으로 똘똘 뭉친다 워따 긍께 속이 다 있었
구마 그려 그래서 애당초 쫓겨난 것이여 채널을 돌려 가며
드라마 두 개를 연달아 보고는 긍께 죄짓고는 못 사는 벱이
여 쯧쯧 전등을 끄고 티비를 끈다 쯧쯧 오늘 하루도 다 갔다

웃돈

　병원에서도 얼마씩 쥐여 줘야 잘해 준다는 말을 듣고 만원짜리 다섯 장을 준비했다 간병인들이 교대로 바뀌니 만원씩 줄까, 그런데 이걸 어떻게 줄까, 식판을 내주면서 밥그릇 위에 가만히 얹어 놓았다 간병인 얼굴이 전등처럼 환해졌다 온종일 기다리다 또 한 장은 주머니에 찔러주었다, 허이구 으메 으짜까, 어유 왜 그런다, 티비 보면서 끝없이 혼잣말하는 할매, 딱따구리가 나무속을 파는 것처럼 코를 따그르 따그르 골다가 제 소리에 놀라 큰 숨 쉬고 쿵 돌아눕곤 하는 할매는 말도 아무 데나 잘 걸고 웃기도 잘한다 나머지 삼만 원을 어떻게 줄까 꼬깃꼬깃 궁리하는 사이, 뱃살 푸짐한 할매 호박꽃처럼 화들짝 화들짝, 고맙소이, 잉 고마워라를 빠지지 않고 얹어 준다

공단 맛집

뭘 먹지? 가정식 백반이 칠천 원, 그거 먹을까? 그건 안 된다고 주인이 눈살을 찌푸린다 그럼 낙지 불고기 주세요, 그럼 그럼 그걸로 두 개?

이게 삼만 원어치가 되나, 딱 한 마리 올라와 있는 가늘고 작은 낙지부터 먹는다 씨부럴 놈, 긍께 씨부럴 놈이제, 뒷자리에서 연방 씨부럴 식사 중이시다 육십이 나이여? 씨부럴, 대여섯 명의 나이 지긋한 분들이 욕 반 식사 반이다 와르르 까르르 항아리가 통째로 깨지고 마구 터지는 웃음, 아따 저분들 식사하시잖냐 좀 조용히 하그라 가끔 그런 말도 섞어 가며 또 씨부럴 와그르 카르르,

여기는 공단 맛집, 맛있기가 비단결같이 부드럽고 고울 공단 맛집, 나오면서 남편이 그런다 공단 옆이라 걸쭉하네 이, 앗, 공단이 그 공단이었어? 씨부럴!

기울어진 소나무

영산강 기슭 소나무
물 표면에 닿을 듯
바짝 몸을 대고 있다

무늬로만 번쩍번쩍 그저
흐르는 것들은 통 알아들을 수가 없어

물속 소리 위로
귀는 누렇게 시들었다

봄꽃처럼 한꺼번에 수장돼 버린 어린 목숨 이야기
페트병을 배 속에 품고 있던 등 푸른 고래 한숨
들을 수 없어, 봐 봐, 시간은 저렇게 찬란할 뿐

성性을 전환했다 전역 판정을 받은 병사의 울음
그 뒤에 숨어 있을 진달래꽃 같은 숱한 각오도 그렇지
다만 꽃이 핀다거나 일찍 봄이 왔다거나
소식으로는 알 수 없어

네가 얼마나 아팠는지

얼마만큼 생각을 고함처럼 뒤집곤 했는지
기어코 눈부신 햇살 비늘로 박혀 있는지

강물 위로는 통 들을 수가 없어
좁은 강둑에 꼿꼿한 수직을 기울여
온몸이 사선이 돼 버린 늙은 소나무 한 그루

공공근로 배치도

코스모스가 입을 오그리고 언덕길 메리골드가 융단 같은 잎을 내려뜨린다

2차선 도로변 보행로 보도블록에 큰 꽃송이들이 뭉텅뭉텅 앉아 있다

차양 모자 눌러쓰고 섬 아지매들 주저앉아 풀을 뽑고 있구나 아침은 드셨나

꽃 무더기 뒤편으론 노란 조끼 남자가 뒷짐 지고 서성인다 저 손에 채찍이 있다면 어울릴까

꽃송이를 밀고 있는 남자는 왜 여자가 아닐까 오빠도 아니고 아빠도 아니고 상사도 아닌 칸나, 혀를 꺾고 보고 있다 경사가 차갑다

모스크바 지하철

혁명이 지나간 도시, 목적지는 멀다 구세주 대성당 연푸른 그늘은 스치듯 가 버렸다 임무를 완수한 듯 막스는 광장 가운데 찬연히 서 있다 두텁고 진한 어둠 속 어디에, 구원은 있는가 전철은 땅속 깊이 내려가 하루에도 몇 번씩,

천 길 낭떠러지 낯선 곳에 몸을 부려 놓는다 혁명은 이렇게 깊숙한 곳에 있다는 건가 혁명 이후를 대비하는 것도 몇십 미터 밑자리의 일이라, 천장엔 화려한 샹들리에, 장군들이 총칼을 들고 벽면에 붙어 있다 정작 땅속은 심각하지 않아서 공기만 선득선득 차가운데 굵은 어깨의 살찐 여인들이 바깥세상을 수신하고 늙은 남자는 추억처럼 작은 책을 읽는다 딱딱한 의자에 앉아 혁명 이후를 다스리고 있는 사람들,

다시 꽤애액 굉음을 지르며 지하철이 다가온다

덜커덕 화가 단단히 난 무엇, 콰닥 문이 열린다

어린 왕자와 여우

어린 왕자는 왼쪽에 여우는 오른쪽에 앉아 있지
가파른 산동네 길가
나지막한 담 위에 걸터앉아서
왕자는 긴 목도리를 뒤로 젖힌 채 건너편을
여우는 좀 떨어져서는 그만큼을 보고 있지
사람들이 길게 줄을 지어 서 있었어
이방인처럼 나는 그 영문을 몰랐지만
차례로 왕자 곁으로 가 앉더니
허리에 팔을 두르고 어깨동무를 하면서
뒷모습 사진을 찍는 거야
잠깐이 영원이 되는 순간
가슴속 품은 말을 꺼내지 못하고
봄 햇빛에 금방 환해져 버린 사람들이
왕자 옆에 잠깐씩 앉았다 가는 거였어
이해한다는 것은 길들이는 거야
여우와 왕자 사이에는 낡은 말들 출렁이고
긴 기다림이 잠깐씩 해결되는 사이
반질거리는 자리 밑으로는
환해져 버린 이해와 덜 익은 웃음이
군데군데 떨어져 있었어

왕자와 여우가 인형 같은 그것을
얼른 올려놓고 또 올려놓곤 하는
부산 감천마을
오래된 새 동네

외딴섬 플라타너스

하체가 굵고 가지도 뭉툭한 걸 보니
여러 번 잘려 왔음이 틀림없다

나는 트랙을 도는 산책자
너의 이름은 플라타너스

더 이상 위로 가면 안 된다고
그러면 돌볼 수 없지 않냐고

이른 봄만 되면 사람들은
손뼉 치듯 가지를 쳤겠지

분노가 뿌리를 키웠는가
붙박여 있는 두꺼운 침묵

꼭 할 말이 많아서 잎이 무성해지는 건 아니라고
식욕처럼 솟구치는 푸름 그것이 다였다고

햇빛이 환하게 들여다볼 때마다
피어나는 헛웃음 등허리에는 버짐이 피었구나

>
나는 우연히 너를 만나게 된 산책자
내 고작 하는 일은 운동장 도는 일

갯바람 속 홀로 남은 너의 생존이
물결처럼 일어난다

손목 같은 아래 잎 움직이자
콘트라베이스 저음 흘러나오듯
장엄하게 출렁인다

아직도 맡아지는 이국의 냄새
아니 평생 끌고 갈 나의 디아스포라

그 속에 뭐가 들었어요?

손가락이 잘 펴지지 않는다
양손에 큼직한 비닐봉지를 끌면서 걷는
서울역 여자 노숙자
코와 입 경계가 흐리고 몸과 팔다리도 흐릿해

뭉글뭉글 살찐 몸이 절룩이며 간다
팔다리 안으로 넣고 예민한 신경까지 집어넣었다

―보여 줄 수 없어요 이건 내 자존심이에요
―옷, 팬티, 물티슈…… 물티슈로 세수할 때 많아요
이빨 빈 자리의 시커먼 웃음,
―남편한테 맞아서 부러졌어요, 아들을 지켜 주지 못해
미안해요

구겨 넣은 비닐봉지 속 자존심
오직 둥그렇게 간다
1분을 한 시간처럼 밀고 가던
비 오는 날 달팽이처럼
갑자기 사라지진 못하는 그녀

>

빗자루로 쓸어 내도 남아 있을
끈끈한 점액질 같은 검은 웃음

고가도로 밑 잠잘 자리를 펴며
오늘도 찬란한 내면을 오그린다

* EBS 다큐에서 노숙자의 하루를 보았다.

제5부

달팽이 자세

촉수를 내밀었다 얼른
집어넣는 것 같지만 사실은
느리게 아주 느리게

'천천히'란 말에 묻어 있는 축축함이
아침 햇빛에 쓰리게 바랠 때까지

체온을 바람 방향으로 밀어 올리기를
멈추고는 어느 상심한 탕자의
자세로 집어넣고 있는 거

민둥한 생살을 내밀어 보았다가
집어넣는 저 동작은

깊이 생각하고 생각하다
바깥 환한 어둠이 식기까지

내밀한 집으로 출구처럼
귀환하는 거

풀을 뽑으며

엉덩이 방석 차고 앉아 풀을 뽑는다
영 쓸모없을 이름 모를 풀
늙은 얼굴 검버섯에 올라오는 수염 같은 그것
드문드문 시작하더니 어느새 수북해졌다

별 힘 안 들이고 뽑힐 거 같았는데
그 뿌리가 얼마나 질기고 길던지
콩알만 한 꽃 동글동글 있는 것은
웬만해서 뽑히지 않는구나

잎도 맥없이 가늘고 꽃이라고 생긴 건
푸르스름한 멍울밖에 안 되는 그것이
땅을 꽉 움켜잡고 파고들고 있는 모양새가
고집 센 노인 같아 밉기까지 한데

별일 없다고 생각하는 것들의 뿌리라는 게
어느 내면처럼 저렇게 엄청난 것일 수도 있겠거니
시큰대는 팔목을 주무르며 중얼댄다

추분

꽃이 눈 녹듯 사라졌다

햇빛도 반쯤 사그라든 오후

귀뚜라미 한 마리 화장실 바닥에 죽어 있다

모서리에 머리를 대고 다리를 뒤로 뻗은 채

그의 절명의 순간은 밤낮이 딱 평등하던 때

내 팔꿈치에 들어온 통증 하나 어쩌지 못해

쩔쩔매고 있을 때 귀뚜라미는

온 생을 울고 갔다

후박나무의 은유

자꾸 들여다본다
한파가 훑어 버린 그의 몸

그의 밑둥치를
자꾸 들여다본다

뿌리는 살았을 거야
그래도 캄캄한 소식

몇 차례 꽃샘추위가 왔다 가고
장미가 맺히기 시작할 무렵

이끼 같은 푸른빛이 감돌기 시작했다
가지 끝 쪽부터 내려오고 있는
청동의 연푸른 빛

조금씩 조금씩
아,
별빛이 내 쪽으로 당겨지는 것만큼
아주 조금씩

>

어느 깊은 밤 그가 저기 먼 별빛을

보고 있다고 느꼈던 이후였다

나의 어린 배롱나무

죽은 나무를 심어 놓고 봄 한철을 기다렸다

보푸라기가 가늘게 일어난 가지에
순은 언제 나오려나

뒷마당엔 제법 커진 배롱나무
그 팔목도 처음엔 가늘고 말랐었지

시간이 장딴지도 굵게 만들고
매끄러운 근육 키워 낸 거지

너무 어린 것을 심은 건가
뿌리에 묻었던 물기가 날아가 버렸을까

제 힘으로 자리를 잡기 전에는
거름을 주지 말라 했는데
함부로 먹다 남은 것을 얹어 줘서 그런가

아직 죽음을 받아들이기 힘들어 자꾸 곁에 가 서 보지만
희미한 냉담만 흐를 뿐

\>

오월이 다 가도록 소식이 없구나

오늘도 안 올 것을 기다리는 헛된 마음

빨래를 말리며

마당에 빨래를 넌다
빨래는 심심하게 말라 가다 조금씩
숨어 있던 척추를 세운다

꼿꼿하게 들어서는 햇빛은
잘 마른 곶감처럼 달고

밀려나는 축축한 상심도
각을 세우고 구석구석 환해지는 듯

햇빛 사그라질 즈음
이슬인 듯 습기인 듯
늘어진 가슴팍에 단풍잎 자국

그 잎 옮기다 흘린 바람의
땀 냄새 한 줄기 묻어 있다

가을 내내 잘라 버리고 싶던 단풍 가지였다

서리

어깨 단단히 걷고 스크럼 넓게 짜던 별들이

주고받던 콧김인가 서로 건네던 체취던가

아니면 하루 내내 퍼져 있던 안개 속

별빛이 끄집어 올리다 놓쳐 버린

물컹한 근심과 불면이던가

온 세상 두텁게

식은 앙금처럼 내려 앉으셨다

저 고요한 흰빛의 두께

굴뚝 연기처럼 뿜어져 나오던

한밤중 내 한숨도 조금 보태어 있다

무를 썰며

내 가둬 둔 침묵 쪽
빈 나뭇가지 사이로
저녁 빛 수굿수굿 들어오는 시간
무를 썬다
썰수록 수북해지는 흰빛
뜨물보다는 희고 투명한,
오랜 시간 아무 색도 들여놓지 않은
이 맑은 시간의 빛깔
슬픔이라 하는 것이
혼자의 빛이라면 그러한가
단면을 썰어도
부서지지 않는 침묵이다
그가 한 계절을 살아 지켜 왔을
훼손당하지 않고 변절하지 않은
무엇,
이것이 슬픔의 색이라면
연푸른 껍질은 그를 감쌌던
아린 웃음, 또는 필연적 농담

조릿대

세찬 산등성 바람을 막아 내고 있었다
빽빽이 들어서서 어떤 것은 말라비틀어지고
또 어떤 것은 푸른 잎을 매달고 있다
휘어질 듯 가느다란 줄기 여럿이서
팔십 년 가두시위 스크럼처럼
덮쳐 오는 바람의 앞발을 부수고 있었던 거
그 옆을 지나는 잔잔하고 안온한 몇 걸음
바람의 표면을 가로지른 건
수많은 스크래치가 오고 간 덕분

문득 사라지는 것들

일로읍 지나 오룡지구 넘어가는 막다른 집에 백구 한 마리 매여 있었다 담 없는 집의 담처럼, 백구의 목줄은 너무나 짧아서 너무나 짧은 목줄의 길이는 도로 바로 앞까지이다 거기를 벗어나면 죽는다 모든 백미러는 백구의 입과 눈과 배를 아슬아슬하게 스쳤다 백구는 한 번도 짖지 않았고 먼 곳을 바라보는 듯 쌍꺼풀진 눈매는 늘 처연했는데, 단풍이 막 아랫마을로 내려오고 있던 어느 날 아침 갑자기 그 집이 사라졌다 번듯한 담이 들어서고 백구도 사라졌다

게의 집

물 빠진 신안군 증도면 짱뚱어 다리 밑
크고 작은 구멍들 파여 있다
허리 숙여 자세히 보니 둘레로는 둥그런 물무늬
발소리 때문인가 쏙쏙 들어가던 게
모두 멈춰 있네
죽었나,
코스프레하는 진흙 사람처럼 굳어 있다
저 작은 몸에 촉수는 얼마나 길게 뻗어 있다는 건가

구멍 하나에 딱 한 마리씩

노을이 들어오고
조금씩 안온해지는
저 무수한 독방들

어느 뒷면에 대하여

그 식당을 처음 찾아갔을 때 먼저 들어간 작은 카페,
잔디와 야트막한 꽃과 의자가 있었다
두세 번 가고서야 그곳이 카페의 뒷면이란 걸 알게 되었는데
밥을 먹은 사람들이 문을 열고 들어가는 것을 보고 난 후
그러니까 정면이라 여겼던 곳이 뒤쪽이었다는 사실이
외딴섬 내면처럼 다가들었던 것인데,
그보다는 조용한 뒷면 반대쪽에서는 사람을 들이고 보내는
일을 필연처럼 하고 있었다는 거,
무엇으로부터 돌아앉은 후라도 그림자 같은 옛 풍경을 담고
안녕하냐고 물을 수밖에 없는 것처럼
뒷면은 '돌아오세요'라고 작은 글씨를 박아 놓았다
앞으로 돌아가야 하는 애잔한 마음
흰 햇빛을 식혀 찔레 붉은 열매를 만들고는
몸에 묻어나는 고요
앞치마에 탈탈 털고 나가 보는 아주머니의
눈가 웃음처럼

출근

가볍다
발레리나 폼이다 발꿈치를 들고
쫑긋 키를 올리듯 얼른
뒤를 살피는 발레리나 할머니
머리에 인 짐은 흔들리지 않는다
오늘도 아무렇지도 않은
나팔꽃 연보라
일로읍 사거리
양손에는 둥근 보따리를 쥐고
몸뻬 입은 뒷모습
꽃인 양 가뿐하니 간다

안부

젖은 손을 그냥 말린다
표지에 물기가 묻어나고
책장 위에 물 흠이 생긴다
그걸 꽃잎 떨어진 자국이라 명명하고 싶은 마음

손가락 깍지 끼고 이리저리 비비니
자그락자그락 물 틈 소리 생긴다
보길도 바닷가
몽돌 틈으로 밀려왔다 빠져나가는 소리처럼
찬기와 더운 기의 경계였던 자리
그걸 안과 밖으로 들락거리는
이슬 소리라 명명하고 싶은 마음

어느새 물기는 사라지고 손은 맨질해졌다
자취를 찾다가
수증기 같은 그늘이라도 잡아 보고 싶은
거기에 몇 글자 적어 띄우고 싶은 마음

무엇이든 지나간 흔적에 기대어
잘 있냐고

해 설

단아한 형식 속의 구도적 상상력

고재종(시인)

1. 단아한 형식 속의 실존적, 구도적 진실의 추구

임혜주 시인의 시들은 단정하고 아담하다. 시를 잘 빚은
항아리라고 말한 어느 시인의 시론에 부합하는 형식과도 같
다. 이러한 단아한 형식은 시적 표현의 긴장과 절제를 통한
침묵을 지향한다. 그 침묵은 큰 기교 없이도 달항아리에서
풍겨 남직한 어떤 말할 수 없는 아름다움과 진실을 우리의
삶에 은은히 던져 준다.

혹여 단아한 형식이 어떤 전통적 가치 등의 옹호에 부역
하는 것은 아닌가 하는 우려가 든다. 물론 전통적 가치가
지배자들의 담론에 부합하는 고루하고 관습적인 것에 한했
을 때 말이다. 하지만 하나의 형식은 그 형식을 만들어 낸

시적 진실의 문제와 별개일 수 없는데, 임혜주의 시들은 일찌감치 전통적 가치와는 상관없는 실존적, 구도적 진실의 추구에 가닿아 있다. 그 실존적, 구도적 진실의 추구가 '소란-능변'의 외형을 거부하고 '고요-침묵'의 백자 항아리 같은 미학을 지향하고 있는 것이다.

매화나무가 그늘을 드리워 줘서
네 상심을 조금 캘 수 있었다

수보리야 부처를 보았다 할 수 있느냐
후우 호로롱
새 울음 몇 마디 얹고

일렁이는 달맞이 분홍 바람도
함께 올려서
대야에 담는다

왼손 끝에 딸려 나오는
자잘한 꽃망울들

상심이 이런 꽃이었단 말이냐

호미를 풀밭에 버려두고 일어나니
아찔한 햇빛 속이다

—「그늘을 캐다」 전문

이 시는 임혜주 시인의 시적 진실의 추구가 어디에 있고, 그 형식이 왜 단아할 수밖에 없는가 하는 표본을 보여주는 시이다.

시에서 화자는 지금 밭에서 호미로 풀 매는 작업을 하고 있는 모양이다. "아찔한 햇빛 속"이지만 마침 밭가의 "매화나무가 그늘을 드리워 줘서" 그 그늘 밑에서는 "상심을 조금 캘 수 있었다". 여기서 '상심'은 바로 다음 연에 "수보리야 부처를 보았다 할 수 있느냐"라는 구절이 나오는 걸로 보아 구도적, 실존적 상심일 수밖에 없겠다. 가령 스승 달마에게 제자 혜가가 '제 마음이 불안합니다'라고 자기의 상심을 고백한 것처럼, 화자는 "아찔한 햇빛 속"으로 상징되는 괴로운 삶과 이에 따르는 구원에 대한 상심으로 민감해 있는데, 이를 나무 그늘로 약간은 지울 수 있었던 것이다. 물론 이 매화나무 그늘은 다음에 이어지는 "새 울음 몇 마디"와 "일렁이는 달맞이 분홍 바람"과 함께 어떤 신의 손길이나 깨달음의 메타포로 기능한다는 것은 익히 알 수 있다. 하지만 금강경에 "수보리야! …(중략)… 색에 머물러 마음을 내지 말며, 소리와 향기와 맛과 감촉과 법에 머물러 마음을 내지 말지니, 마땅히 머무는 바 없이 그 마음을 낼지니라"고 한 것은 부처 아니었던가. 결국 시적 화자는 매화나무 그늘, 새 소리, 달맞이꽃 향기, 분홍 바람의 감촉 등 색성향미촉법의 존재 형상으로는 부처를 볼 수 없다는 것을 이미 잘 알고 있기에 바로 2연에서 선제적으로 "수보리야 부처를 보았다 할 수 있느냐"고 스스로 묻고 스스로 답하는 '자문자답'을 했던 것이다. 그러나 그런 여러 존재 형상들에 '마땅히 머무는 바 없는 마음'을 내면 일자무식의 혜능도 깨달음을 얻을 수 있다. 바로 시적 화자가 "상심이 이런 꽃이었단 말이냐"라고 하며 놀라고 있어서이다. 풀을 매다 함께 베어진 여러 풀꽃 망울들이 풀과 함께 왼손 끝에 딸려 나오는 데서 순식간에 터져 나오는 말이 그것이다. 이는 그토록 구원에 대한 상심을 캐느라 애썼지만 그 상심이 호미로 캔 풀이나 풀꽃 정도에 지나지 않는다는 뜻임과 동시에, 이런 상심이야말로 곧 풀꽃이니 번뇌즉보리煩惱卽菩提인 셈이다. 상심이 깨달음이기에, 상심이 없다면 깨달음도 없다는 것이다. 한마디로 이 시는 존재에 대한 질문과 구도의 깨침으로 충만한 시이다.

단아한 시 한 편의 행과 행 사이, 연과 연 사이, 제목과 본문 사이에 넘실거리는 침묵, 그 침묵이 생성하는 진실, 그 진실에 가닿기 위해 우리는 다만 묵묵한 좌정을 할 뿐, 이렇게 많은 해석의 언어를 동원해야 했을까 하는 생각도 든다. 다만 침묵 속의 진실이기에 시는 의당 긴장과 절제의 단아한 형식이 될 수밖에 없는 것이다.

임혜주 시인의 이번 시집에는 실존적, 구도적 진실 추구에 천착한 시들이 많은데 다음 「입도入島」라는 시도 그중의 하나다. 여기서 '입도'는 시인이 근무했던 어느 중학교가 소재한 섬으로 고유명사의 섬일 수도 있고, 아니면 '육지에 나갔다가 배를 타고 다시 그 섬에 드는 행위'를 말할 수도 있다. 그런데 나는 이 시를 곧 '도에 들다入道'로 읽고 싶은 마음 또한 어찌할 수 없다.

무엇에 닿는다는 건
가만히 들어와 보는 일

소란을 버리고
멋 내지 않고

연어가 얕은 강물에
알을 풀어놓고 덮어 주듯

엄마 떠난 집에서 할머니와 함께 먹는
섬마을 저녁밥 온기

그 밥상 언저리에 묻어 있을 하루의 햇빛에 대해
나직나직 물어보거나

드문드문하고도
멀고 먼 불빛의

서늘한 웃음을
심심한 바닥에 대 보는 일

—「입도」 전문

　선종에서 조사선의 중심인물인 마조도일이 내건 공안은
즉심시불卽心是佛과 평삼심시도平常心是道였다. 이 두 공안은

후대의 많은 선사들에게 회자되고 깨침의 화두가 되어 선종
역사에 어마어마한 영향을 끼쳤다. 임혜주 시인의 「입도」는
앞의 시 「그늘을 캐다」에서 '상심이 곧 꽃'이었다는 사실을
깨달은, 혹은 마음이 곧 부처인 것을 깨달은 자의 평상심의
경지를 잘 표현한 시가 된다. "무엇에 닿는다는 건/ 가만히
들어와 보는 일"인데, 들어와서 "엄마 떠난 집에서 할머니
와 함께 먹는/ 섬마을 저녁밥 온기" 같은 것을 느껴 보거나,
혹은 "그 밥상 언저리에 묻어 있을 하루의 햇빛에 대해/ 나
직나직 물어보거나" 하는 일들을 아주 자연스럽게, 아주 천
연스럽게 행하는 것이 곧 구원의 경지라고 말할 수 있게 하
는 시인 것이다.

2. 침묵 속에 내재된 시간과 죽음과 울음의 사리들

임혜주 시인의 시에는 실존과 구도의 질문 이전에 단아
한 형식 속에 응축되어 내재된 시간과 죽음과 울음이 사리
처럼 박혀 있다. 종을 치면 에밀레 에밀레 소리가 울려 난
다는 전설의 '에밀레종'처럼 시를 읽을 때마다 터져 나올 듯
터져 나올 듯 곧장 터져 나오곤 하는 울음들이 가득하다.

그 울음은 "가시 걸린 승냥이처럼 울부짖는 어느 짐승의
울음"과 같은 것이기도 한데, "차츰차츰 다가드는 어둠을
목구멍 아래에 긁어모아 모조리 뱉어 내듯 으외왝, 끄으왜
액, 아 저렇게 우는 짐승도 있구나, 누구에게는 말로는 못

할, 그 기막힌 울음을 거친다는 뜻이다"(「가을 초저녁에는」)라
고 읽히는 울음이다. 독일의 화가 카스파르 다비드 프리드
리히의 〈떡갈나무 숲의 수도원〉이라는 그림이 있다. 해는
졌지만 아직 어둠이 세상을 뒤덮지 않은 어스름, 앙상한 고
목의 나뭇가지들이 흰 보라 하늘을 배경으로 더 또렷하게
실핏줄처럼 보일 때, 그 헐벗은 고목으로 둘러싸인 옛 수도
원의 폐허를 그린 풍경화다. 어쩌면 그 잎 다 진 가을 초저
녁의 음산한 폐허 속에서나 울려 날 법한 울음은 "차츰차츰
다가드는 어둠을 목구멍 아래에 긁어모아 모조리 뱉어 내
듯 으외왝, 끄으왜액, 아 저렇게 우는 짐승"의, 검은 담즙
의 울음이다. 김명인의 시 「길의 침묵」에 "누구나 제 안에
서 끓는 길의 침묵을/ 울면서 들어야 할 때도 있는 것이다"
라는 구절이 있다. 김명인 시의 울음을 구체적 형상으로 바
꾼다면 아마 위의 울음 같지나 않을까. 소름이 돋는, 경악
스러운 울음이다.

또한 임혜주 시의 울음은 "아들 잃은 어미의 절대로는 멈
출 수 없는 눈물자리가/ 소금 웃음처럼 바스스 떨어져 나오
는"(「시래기 풍경風磬」) 것과 같은 경우도 있다. 아들 잃은 어미
의 눈물이 마르고 말라 쓰디쓴 헛웃음 곧 "소금 웃음처럼 바
스스 떨어져 나오는", 마르고 말라 바람만 슬쩍 스쳐도 바
스스 부서져 내리는 시래기 같은 울음이다. 이 메마르고 쓰
디쓴 울음 앞에서 우리는 입이 있어도 할 말은 없다. 어미
가 자식을 잃고 울고 울다가 눈물이 죄다 말라 버린 울음을
'참척慘慽'의 울음이라고 한다. 미켈란젤로의 〈피에타〉는 죽

은 예수를 무릎 위에 놓고 두 팔로는 그 몸을 안은 채 아들을 내려다보고 있는 마리아의 모습을 담은 조각이다. 그런데 마리아의 눈에선 눈물이 흐르지 않는다. 혹자는 눈물이 흐르지 않는 것을 조각의 미스테이크라고 하고, 혹자는 신의 어머니는 눈물을 흘리지 않기 때문에 그렇게 표현했을 거라고도 한다. 하지만 참척의 울음은 울고 울다가 눈물이 죄다 말라 버려 더 이상 흘릴 수 없는, 가뭄에 쩍쩍 갈라진 논바닥 같은 울음이다. 시래기처럼 마르고 말라 스치는 바람에도 부스러지는 울음이다. 그런 참척의 울음이기에 마리아의 눈에선 더 이상 눈물이 흘러내리지 않는다. 어쩌면 이 울음은 '세월호'에 앗긴 300여 학생들의 어머니의 울음을 상기하게도 한다. 임혜주 시인이 중·고등학교 교사라서 드는 생각이다.

그런데 아무래도 임혜주 시의 울음은 실존적 울음이다. 신경림이 「갈대」라는 시에서 "언제부턴가 갈대는 속으로/ 조용히 울고 있었다"라고 한 표현 속의 울음과 닮아 있다. 갈대가 처한 어떤 배경 제시도 없이 무턱대고, 언제부턴가 갈대가 그것도 속으로 조용히 울고 있었다고 하는 단정적 진술은 황당하다. 하지만 이를 실존주의적 울음으로 해석하면 별 문제가 없다. 실존주의라는 것은 제2차 세계대전이 끝난 후 합리주의적 세계관이 무너지면서 생겨난 이론이다. 이 세상은 합리적으로 설명할 수 없는 부조리와 무의미로 가득한 곳이기에 인간은 궁극적인 허무와 고독, 고뇌와 불안으로 울 수밖에 없는 존재라는 것이다. 그렇게 보면 신

경림 시구절의 단정적 진술은 이 논리에 딱 들어맞고, 임혜
주 시 또한 「갈대」의 울음을 따른다.

점괘는 곧 나아질 거라 했네
답을 다 일러 주고 해는 냉정히 기울고 말았는데

검푸른 불안과 두려움의 잠
또다시 병은 깊어지고 말았다네
　　　　　　　　　　　　　　—「단풍나무 사색」 부분

캄캄한 세계를 짚어 내는 음계를 따라가면
다른 아픔으로 들어가는 힘이 생길까요
　　　　　　　　　　　　—「또 하루를 살았습니다」 부분

궁극적인 허무와 고독, 고뇌와 불안으로 울 수밖에 없는
인간존재는 단풍나무 밑에서 손금을 보며 스스로 "점괘는
곧 나아질 거라 했네"라고 해 보지만 "검푸른 불안과 두려움
의 잠/ 또다시 병은 깊어지고" 마는 악순환의 냉정함이 있을
뿐이다. 그리고 귀가 먼 베토벤처럼 "캄캄한 세계를 짚어 내
는 음계를 따라가면" 다른 아픔으로, 그러니까 다른 희망으
로가 아니라 "다른 아픔으로 들어가는 힘이 생길까요"라고
묻는데, 이는 임혜주 시인이 삶을 얼마나 진지하고 비극적
으로 보고 있는지 알 수 있게 한다. 삶의 싱그럽고 아름다
운 전망에 대한 터무니없는 기대보다도 "아직 의미는 발굴

되지 않았어 좀 서둘러야겠어 내게 주어진 시간은 그리 많
지 않다는 걸 자꾸 까먹곤 해 영원히 살 것처럼 암 환자를
슬퍼했지"(「동지」)라고 하는 죽음과 시간 의식의 냉철한 인식
이 삶의 구원을 향한 구도자에겐 되레 진정한 자세이기 때
문이다. 이런 실존적, 구도적 삶의 이해 속에서 나오는 울
음은 궁극적으로 죽음을 호명할 수밖에 없다. 그 죽음의 시
간을 관통해야 하기 때문이다.

> 그러고 보면 돌담 사이 흙무더기
> 옹그리고 뻗어 가는 쑥 뿌리도
> 속내는 가장 외로웠던 영혼의 한쪽,
> 난데없이 멧비둘기 떼 무슨 조문처럼
> 분주히 앉았다 일어서고 기울어진 지붕은
>
> ─「폐가」 부분

> 먹다 남은 찌꺼기 옆으로 새 한 마리 비늘처럼 눈을 감고
> 죽어 있네요 회색 뒷날개로 몸을 반쯤 덮고 있는, 스스로
> 마련한 그 절명의 자세 앞에 한참을 서 있었습니다
>
> ─「흐린 가을날 아침이었습니다」 부분

> 버리라고
> 다 버리라고
> 하루에도 수십 번
> 일러 주고 속속들이 보여 주는데도

버리지 못하는 마음속 진창이여!

그래서 신은
마지막으로 죽음을 주셨다
                        ─「임시방편」 전문

 "속내는 가장 외로웠던 영혼의 한쪽" 같은 쑥대밭의 폐가
에선 난데없이 멧비둘기 떼가 조문처럼 날아들고, 미나리
가 차오르는 도랑에는 먹다 남은 음식 찌꺼기를 찍어 먹다
죽은 새 한 마리의 절명의 자세가 있다. 그리고 "버리라고/
다 버리라고/ 하루에도 수십 번" 세상의 모든 것들이 죽은
새와 같은 삶의 비참을 증거하여도, 그 죽음에 대한 깨침
없이 여전히 버리지 못한 마음속 욕망의 진창에 역시 신이
마지막으로 주신 것도 죽음이다. "유독/ 내게만 더 가혹한
거 같지만 누구든 생이란 지독한 고비를 담고서야 낙타처
럼/ 걸어갈 뿐이지 몸에서 꿈이 사라진다는 소설을 읽다가
산수유 보러 갔어"(「늙은 사랑 노래」) 하고 중얼거리며, 내가 넘
는 산이 가장 높고 내가 건너는 강이 가장 깊은 것 같은 가
혹한 생의 고비와 몸이 욕구하는 꿈조차 상실되어 가는 처
지를 헤치고 '늙은 사랑'과 함께 산수유를 보러 간들, 울음
과 죽음의 생이 조금이라도 나아질까 싶기에 더욱 그렇다.
 우리나라 시인 중에 이런 존재와 실존의 비극주의를 냉정
하고도 끝까지 밀고 나아가는 시인은 이성복뿐이다. 그의
시 「아, 입이 없는 것들」은 다음과 같다. "저 꽃들은 회음부

로 앉아서/ 스치는 잿빛 새의 그림자에도/ 어두워진다// 살아가는 징역의 슬픔으로/ 가득한 것들/ 나는 꽃나무 앞으로 조용히 걸어 나간다/ 소금밭을 종종걸음 치는 갈매기 발이/ 이렇게 따가울 것이다// 아, 입이 없는 것들". 꽃들은 식물들의 생식기이다. 생식기마저 드러내고 벌 나비를 유혹하여 생식과 생존을 도모하는 꽃들처럼, 우리 인간도 오로지 살아 내기 위하여 '징역 같은 슬픔'의 것들을 가득가득 견디며, 소금밭을 종종걸음 치는 갈매기 발처럼 따갑고 쓰라린 고통을 안고 걸어간다. 그러니 입이 백 개라도 그 무슨 말이든 할 수가 없는 것이다. 임혜주 시는 시 한 편 한 편의 성공과 실패와는 별개로 이성복의 계보로 읽힐 수 있는 소지를 다분히 갖고 있다.

3. 시간과 죽음을 관통하는 치열하고도 맑은 구도 정신

임혜주 시인이 실존적 비극주의와 그 가혹한 울음을 이겨내며, 이 글 첫 번째 텍스트에서 보여 준 삶의 '그늘'을 캐내기 위한 시적 도정은 참으로 지난할 수밖에 없겠다. 그 도정엔 직업에 바탕한 생활 전선에서 최선을 다하는 삶에 대한 천착, 혹은 삶에 대한 전망을 어둡게 하는 여러 요소들 중 가령 사회 부조리나 불의 등의 개혁을 위한 사회 참여적 시의 길이 있겠고, 또 하나는 기도건 참선이건 종교건 자기 깨달음을 위한 구도 행각의 치열하고도 맑은 정신적 시에 용

맹정진해 볼 수도 있겠다. 그런데 임혜주 시인은 여태까지 시골 중·고등학교 교사로 열심히 재직하고 있으니 첫 번째의 일상 수행은 모범을 보이고 있고, 다음의 시에서 보면 구도의 행각에도 남다른 정진을 하고 있는 것 같아 안심이다.

석가는 이 강을 건너 도道를 이루었다

말라붙은 건기의 모래가 발목을 잡는다

모랫바닥은 바닥이 없는 바닥이다

바닥을 짚으며 강을 건넌다

진흙탕보다 더 깊다

모래는 서로를 밀쳐 낸 각자의 언어

제 몸을 허문 것들의 시간

바닥없는 바닥을 건너야 한다

무섭게 발밑이 빠진다
　　　　　　　—「네란자라, 모래 강을 건너며」 전문

여기서 '네란자라강'은 수행자 싯다르타가 고행으론 결코 성도에 이를 수 없음을 깨닫고 강으로 내려와 쇠약해진 몸을 씻으며 '힘없는 바리때처럼 강물에 휩쓸려 가지는 않으리라'라는 서원을 세운, 불교인들에겐 성스러운 강이다. 그 강에서 몸을 씻고 올라오자 저만큼에서 나타난 수자타가 있어, 그 소녀의 우유죽 공양을 받고 보리수나무 아래에서 선정에 든다. 그리고 최상의 깨달음을 이룬 것이다.

이 발문을 거의 다 쓰던 중 임혜주 시인의 남편 이봉환 시인에게 '혹시 임 시인이 불자시냐?'고 물었더니 '정토회' 신자라고 알려 주었다. 그렇다면 이 시는 한국정토회가 인도의 불가촉천민을 위해 세우고 법륜 스님이 지도법사로 있는 '수자타아카데미'를 포함한 인도 불교 성지 순례단의 일원으로 참가해서 얻은 작품일 것 같다.

어쨌든 제목에 나타난 성스러운 네란자라강은 지금은 건기의 한복판이어서 강물이 말라붙은 채 오로지 모래만이 지천으로 널려 있다. '바닥이 없는 바닥'이라고 할 정도로 발이 푹푹 빠지는 모래 강이 된 것이다. 네란자라강 물에 몸을 씻고 부처는 깨달음을 이루었는데, 부처님의 발자취를 따르는 순례자인 시적 화자 앞의 강은 바닥이 없는 바닥의 모래밭이 되어 있으니 황망하기도 하겠다. 그런데 이는 자연 현상에 불과하다. 하지만 시인은 그 자연현상을 빌려 '바닥없는 바닥'이 되어 있는 모래 강을 발견한 것이다. 부연하면 원래 불교의 깨달음을 향한 정진은 사실 바닥 곧 신이나 부처나 이성이나 과학 같은 토대土臺가 없는, 자기가 스

112

스로 만들어 가는 토대라는 창조적 과정에서 출발한다. 어떤 종류의 깨달음이건 깨달음이란 각자의 화두, 각자의 방식으로 각자의 열반을 이루는 것이지, 가령 불교의 최대 스승이자 선각자인 석가모니 부처의 발자취를 따른다고 해도 자기 깨달음이 없으면 아무 소용이 없는 것이다.

물론 실존주의적으로 봐도 세상은 자본과 전쟁과 환경 위기 등으로 인해 합리주의적 토대는 이미 사라져 버렸고, 그들이 기댔던 신이니 초월자니 하는 마지막 귀의처마저 불안과 회의의 인간이 만들어 낸 관념일 뿐이라는 것이 속속 드러나고 있는 상황에서 인간은 바닥없는 바닥을 딛고 있는 존재일 뿐이다. 그러기에 바닥 모르게 빠져드는, 진흙탕보다 더 깊은 모래 강의 "모래는 서로를 밀쳐 낸 각자의 언어"이자 "제 몸을 허문 것들의 시간"이라고 말하는 임혜주 시인의 혜안慧眼은 놀랍다. 이는 깨달음이든 진리이든 그것의 추구에 임혜주 시인의 눈이 얼마나 밝은지 알 수 있게 한다. 각자의 언어로, 제 몸을 허문 시간으로 무섭게 발밑이 빠지는 "바닥없는 바닥을 건너야" 하는 구도자의 숙명! 그것은 현대인이 헤쳐야 할 무섭고도 고독한 숙명이기도 하다.

아래의 시는 임혜주 시인의 구도의 행각이 또한 평상심 시도, 혹은 일상을 화두로 삼은 생활선生活禪의 추구에도 민감하다는 것을 투명하게 알려 준다.

내 가둬 둔 침묵 쪽
빈 나뭇가지 사이로

저녁 빛 수굿수굿 들어오는 시간

무를 썬다

썰수록 수북해지는 흰빛

뜨물보다는 희고 투명한,

오랜 시간 아무 색도 들여놓지 않은

이 맑은 시간의 빛깔

슬픔이라 하는 것이

혼자의 빛이라면 그러한가

단면을 썰어도

부서지지 않는 침묵이다

그가 한 계절을 살아 지켜 왔을

훼손당하지 않고 변절하지 않은

무엇,

이것이 슬픔의 색이라면

연푸른 껍질은 그를 감쌌던

아린 웃음, 또는 필연적 농담

—「무를 썰며」 전문

   침묵의 눈으로 응시하는 겨울의 빈 나뭇가지 사이로 저
녁 빛이 수굿수굿 들어오는 시간이다. 수굿수굿, 참으로 순
순하고 그윽하고 신실한 시간과 함께 무를 썬다. 썰수록 수
북해지는 무채의 흰빛은 희면서도 투명한데 "오랜 시간 아
무 색도 들여놓지 않은" "맑은 시간의 빛깔"이다. "슬픔이
라 하는 것이/ 혼자의 빛이라면 그러한가" 하고 자문하는

데, 정말 그럴 것도 같다. 슬픔처럼 맑고 깨끗한 빛은 오랜 시간 아무 색도 들여놓지 않은 혼자의 빛이다. 슬픔처럼 맑고 깨끗한 혼자만의 빛은 영혼에 닿아 있다. 그러기에 혼자의 빛인 슬픔은 생의 온전한 "계절을 살아 지켜 왔을/ 훼손당하지 않고 변절하지 않은/ 무엇"의 색이다. 오랜 시간 아무것도 들여놓지 않고, 계절들을 지내 오면서도 훼손되거나 변절하지 않은 그 슬픔을 무엇이라고 할까? 이는 사람의 본래 마음, 곧 자성自性이라고 할 수 있다. 오랜 시간, 곧 시간을 넘어 무명無明이나 인위에 물들지 않고 본래면목本來面目으로 존재하는 그 자성은 형상으로 존재하지 않는다. 다만 슬픔의 빛 같은 것으로나 존재하여서 그런 자성을 알아채는 순간 사람은 대자대비의 부처의 마음, 부처의 빛을 깨치게 된다.

"가슴 가운데가 아픈" 슬픔, "서리 맞은 대추가 단단한 껍질을 가지면서/ 얼룩얼룩해지는" 슬픔, "간밤 꿈엔 남자가 나를 두고 떠나"는 슬픔, "주황빛 아침 기운/ 따지 못하고 매달려 있는 감밭"의 슬픔(꽃) 등 모든 슬픔의 상위에 있는 보리菩提와 같은 슬픔의 빛은 자성의 빛이니, 그 빛을 조용히 응시하는 침묵이 있을 뿐이다. 이 시는 무를 써는 과정에서 깨달음을 얻은 생활선의 대표적인 시임과 동시에, 「그늘을 캐다」와 함께 이번 시집이 거둔 빼어난 성과다.

임혜주 시인의 시를 '구도적 상상력'으로 본 것이 물론 전체 시를 아우른 것은 아이다. 간암 말기의 아버지와 단둘이 사는 아이가 겉으로는 아무렇지 않은 듯 늘 명랑하게 다니는 것을 보고 "몸속 어디 숨겨진 그 아이의 씨앗 같은 눈물보를 바늘로 콕 집어 터뜨리고 싶다"고 하는 「꽃 속에 숨은 아이」는 이야기 시로도 명품이다. 「그 속에 뭐가 들었어요?」란 시에선 노숙자 여인의 "빗자루로 쓸어 내도 남아 있을/ 끈끈한 점액질 같은 검은 웃음"이라는 아주 개성적인 웃음을 창조해 낸다. 「후박나무의 은유」에서 한파에 죽어 버렸을지도 모르는 후박나무가 가지 끝 쪽부터 "이끼 같은 푸른빛이 감돌기 시작"하자 "조금씩 조금씩/ 아, / 별빛이 내 쪽으로 당겨지는 것만큼/ 아주 조금씩" 청동의 연푸른빛이 내려오고 있다고 탄성하는 생태적 감수성의 시들도 여럿이다.

우리나라에서 실존적, 비극적 주제에 강렬한 구도 정신으로 시를 쓰는 시인은 별로 없다. 물론 김명인이나 이성복 시인 등의 금자탑 같은 클래식이 있다. 하지만 이런 구도 정신의 시는 신앙과 시, 참선과 시 곧 문자 유무의 경계선 상에 있기에 자칫하면 문자, 곧 시가 신앙과 참선으로 전화해 버릴 위험에 항상 노출되어 있다. 임혜주 시인이 그 아슬아슬한 경계를 잘 밟으며 끝까지라도 구도 정신을 밀고 간다면 우리 시단의 한 줄기 싱그러운 빛이 될 수도 있겠다.